50

改變孩子未來的
思考閱讀系列 2

어린이 행복 수업-돈이 많으면 행복할까?

小學生的理財觀念教室

朴賢姬 박현희——文 金旼俊 김민준——圖
劉小妮——譯

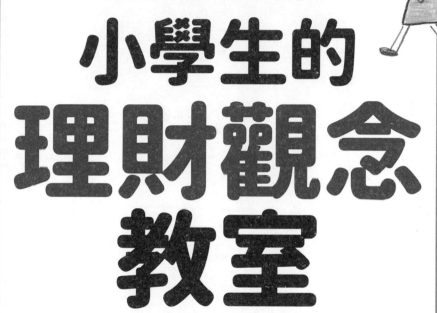

第一章「錢」是怎麼出現的？

第二章 「價格」由誰決定？

第三章 透過「購買」跟世界建立關係

第四章　有錢的話就會幸福嗎？

第五章 「廣告」的吸引力

第六章 花錢也有義務和責任

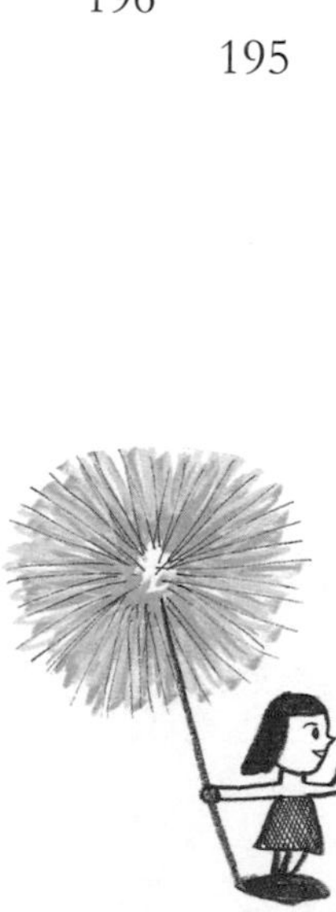

第一章

「錢」是怎麼出現的？

世界上最有用，同時也是最沒有用的東西是什麼？就是「金錢」。有錢可以買到很多東西，也可以做很多的事情。但是——

如果在沙漠或森林中遇難，就算你的口袋裡有滿滿的錢，也毫無用武之地。為什麼人們要把這種沒用的東西定義為「錢」，而米飯、衣服這種能夠讓我們吃得飽、穿得暖的東西，反而不能被定義為「錢」呢？

「以物易物」活動開跑！

四年一班決定要辦一個活動，每個月在班上舉辦「以物易物」交換東西，大家可以把自己不需要的東西帶來，然後跟別人不想要，但自己卻可能

需要的東西交換。

可是，才辦完第一次活動，馬上就發現了一個很大的問題，有人問：「我有一套很有趣的漫畫，有人想要用足球來交換嗎？」

「阿浩，我的漫畫可以和你的足球交換嗎？」

「不行，我不能交換漫畫。如果發現我看漫畫書，媽媽會生氣的。」

小蘭帶來了一個皮包，這是別人送她的禮物，不過她現在不需要了，她想用這個包包來換牛仔褲。

「小璇，我的皮包跟你換牛仔褲，如何？」

「不好意思，我想換阿賢的書。」

阿賢聽到之後，露出了尷尬的表情。

「但是怎麼辦？我不需要牛仔褲啊！」

就這樣，大家都找不到自己想要交換的物品，活動現場一片混亂，班上的活動人員在結束之後，召開了檢討會議：「要怎麼樣才能夠讓那些找不到想要交換物品的人，也可以交換呢？」

「我們也像外面一樣，用真的錢來買東西的話，應該就可以了吧？」

「聽起來不錯，但是，如果用真的錢來買，好像不符合當初我們希望『以物易物』的精神。」

幾個人經過漫長的討論，終於想出了新的點子，那就是發行「購物券」。

兩個月之後，四年一班舉辦了第二次以物易物的活動，每個帶來物品的人都拿到了購物券，然後用購物券去挑選自己想要的物品。最後，大多數物品都找到了新的主人。

回到以物易物的時代

如果聽到有人一毛錢都沒有，或是一生都沒有使用過錢，大家是不是會想：「那個人實在太可憐了，是不是因為他太窮？」或是好奇：「這種事是真的嗎？」因為我們的生活現在跟金錢的關係很密切，很難想像以前沒有金錢的世界。

不過，如果活在古代，像是先秦時代，又會是什麼樣的狀況呢？最初以「貨幣」來產生買賣行為是在先秦時代，那時候以「貝幣」，也就是用貝殼做為貨幣。在那之前，人們一輩子都沒有使用過金錢，是理所當然的。

以前的人會生產自己所需要的東西，如果需要住的地方，就自己蓋房子；如果需要食物，就自己種植作物，或是捕獵動物。即使如此，也不可能所有需要的東西都是自己生產。於是，就會把自己生產剩餘的東西，拿去換取其他物品。

例如家裡如果有很多

煤炭，就可以跟其他有很多衣服的人進行交換。像這樣拿物品直接交換的行為，就是「以物易物」。

以物易物的過程中，還是有些不方便的地方。當這家需要衣服，可是別

人家不需要煤炭，而是需要海鮮時，該怎麼辦呢？如果先拿煤炭去交換海鮮，再拿海鮮去交換衣服，實在是太麻煩了。而且煤炭的體積大，重量不輕，很難運送到遙遠的地方。海鮮又很容易腐壞，也不可能長時間搬運，這些問題都不好解決。

於是人們開始思考，如果以物易物時有個標準該有多好？這種交換的標準必須能夠滿足每個人的需要，而且不容易變質，太大或是太重的話也不行。就這樣出現了能夠滿足各種條件的交換基準，例如鹽、米或絲綢等。不過，這些東西放久了還是會變質，也有不方便攜帶的問題。

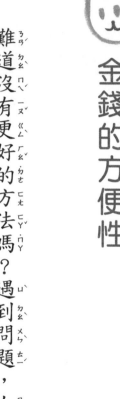

金錢的方便性

難道沒有更好的方法嗎？遇到問題，人們會不斷思考，並嘗試找到新的解決方法，於是「金錢」就這樣誕生了。

一開始只是把金、銀或銅秤重量來使用，慢慢的，開始使用比較有規範的金幣、銀幣、銅幣。如此一來，就不需要秤重，只要看錢幣的模樣，就可以知道它具有多少價值，使用時非常便利。

金錢出現之後，並不是所有人都立刻使用，而是人們逐漸發現它的便利，後來就越來越廣為人知，並且開始流行。跟沒有使用金錢的時候相比，有了金錢，不但交易的效率快速提高，通過交易所購買的必須物品，也比自己直接生產的品質更好。

先支付，還是後支付？

目前我們所使用的悠遊卡，是先把錢儲值到悠遊卡裡，然後使用。也有另外一種是跟信用卡結合的悠遊卡，可以先使用悠遊卡的功能，之後再進行支付。像這樣先進行交易，後面再支付的信用卡兼悠遊卡，不用馬上支付現金，也能夠搭乘公車或捷運。

因為人們可以集中精神生產自己擅長的物品，跟以前所有東西都要靠自己生產，分工生產的效率更高，產量也可以增加。而且自己生產的東西，只留下需要的，剩餘的部分可以全部賣出去，用賺到的錢購買其他物品，讓生活變得更富足。

當交易越來越多，需要使用更大量的金錢，這時候用金、銀或銅製造出來的錢幣就不夠用了。而且，如果大量交易時，需要許多錢幣，又重又不方便攜帶，該怎麼辦呢？

人們思來想去，最後，發明了用紙張製作的金錢，也就是「紙幣」。

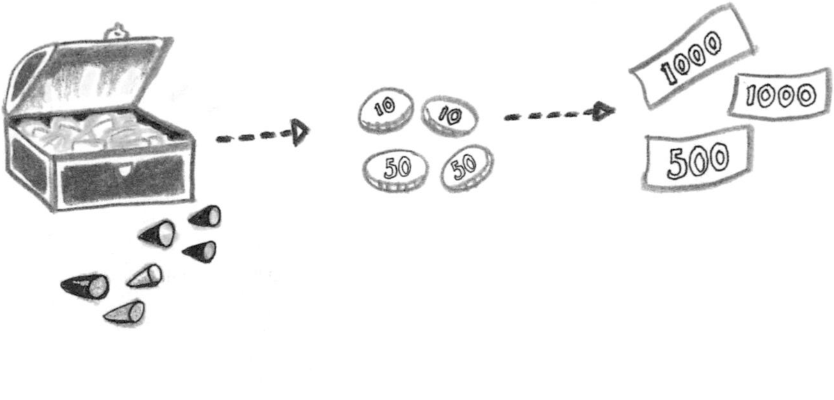

不過，現代社會除了銅板或紙幣，大人們去購物時，也會使用信用卡來代替紙幣購買東西。雖然信用卡不是金錢，但是可以像金錢那樣使用，加上信用卡是用塑膠做的，所以有人稱它為「塑膠貨幣」。

用石頭作為貨幣

韓國｜韓元

南太平洋的雅浦島，島上的居民把石頭作為金錢使用。聽到這個消息，你是不是開始心動？想著：「這個世界上到處都有石頭，我如果現在就打包一堆石頭去那個國家，是不是就能成為大富翁？」

雖然雅浦島的居民使用石頭交易，但並不是所有

的石頭都可以。他們使用的石頭是非常巨大的，那麼大的石頭不但很難找，也不可能用飛機運送。因此，大家最好還是放棄搬運石頭到雅浦島成為富豪的美夢吧！

用石頭作為貨幣，會不會太奇怪了？反過來想，雅浦島的居民看到我們在紙張上畫圖案，就可以作為金

錢，或把塑膠片當成金錢來使用，可能也會感到不可思議吧？

金錢是為了方便人們交易使用時的「約束」，所以，只要人們把什麼東西定義為金錢的話，那個東西就可以當成金錢來使用。

既然金錢是社會上的「約束」，那其他社會是不是有其他的「約束」呢？基本上，每個國家的約束都

俄羅斯｜盧布

日本｜日圓

如果想要拜訪非洲的辛巴威？

臺灣的銀行裡面有辛巴威的貨幣嗎？基本上，銀行會準備常用的貨幣，像是美元或歐元等，這些在全世界被廣泛使用並認可的貨幣。以臺灣銀行來說，就沒有辛巴威幣，因此，只能先在銀行換美金或歐元，等到了辛巴威，再換成辛巴威的貨幣。

不同。因此，臺幣在其它國家是無法使用的，我們去國外時，就要使用那個國家的錢。

如果全家想去日本玩，可是家裡只有臺幣，該怎麼辦呢？銀行有提供把臺幣換成外國貨幣的服務，只要去銀行把臺幣換成日圓就可以了，或是到機場也可以找到換外幣的服務台。

歐盟
法國
德國
愛爾蘭
義大利
盧森堡
葡萄牙
西班牙
希臘
斯洛維尼亞
賽普勒斯
馬爾他
斯洛伐克
奧地利
比利時
荷蘭
$

交換貨幣的基準是「匯率」

臺幣換成國外的貨幣時，是使用什麼基準呢？答案是「匯率」。「匯率」是指國外貨幣和臺幣的「交換率」。以臺幣和美金為例，匯率的意思就是想換一元美金的話，需要多少臺幣？例如，臺幣和美金目前的匯率是三十比一，如果想換一元美金就需要三十元的臺幣。

在銀行裡面有標示「今日匯率」的告示牌，我們看到告示牌就可以知道當天不同的國外貨幣價格。

不過，國外貨幣的價格並不是由銀行來決定，銀行的告

示牌只是告訴大家國外貨幣的價格而已。匯率，也就是國外貨幣的價格是隨時會變動的。

舉例：想買南瓜的人越多，南瓜的價格就會上漲。國外貨幣也是如此，當需要它的人越多，價格就會變貴。相反的，如果想買國外貨幣的人變少，或是臺灣擁有的國外貨幣變多的話，價格就會下跌。

金幣變成懸賞通緝海報

以前的人會把國王的頭像刻在金幣上，因此發生了有趣的事情。十八世紀的法國，國王擁有極大的權力。可是，當時的國王沒有為百姓著想，

只顧自己享樂，讓百姓挨餓。國王甚至還不斷建築新宮殿、天天舉行宴會，過著奢華的生活，壓榨百姓繳納更多稅金。

十八世紀的法國人在這樣的國王領導下，生活實在過不下去，於是發動了革命。

革命之後，國王打算逃到國外，在邊境時，竟然被認出來，當場將國王逮住。那個時代沒有網路，也沒有電話，檢查站的人怎麼知道國王的長相呢？原來，金幣上面刻著國王的臉，人們經常看到，自然而然就記住了國王的樣子。

國王原本是想彰顯自己的權威，才會在金幣刻上自己的臉，沒想到最後卻成了懸賞通緝海報！

第二章

「價格」由誰決定？

每個商品都有價格，有些比較貴，有些比較便宜。

「價格」是怎樣制定的呢？是由賣的人隨便決定的嗎？如果不是的話，會是由誰或是哪個單位決定的呢？

來買
鯖魚喔！
螃蟹
1公斤250元！
算便宜
一點吧！
快來看看
西瓜250元，
蘋果
多少錢？
我要買
這個100元。
喵～

買不到東西的購物券

四年一班舉辦了第三次「以物易物」的活動，自從第二次活動開始時，班上發行了「購物券」，活動就進行得非常順利。於是他們在舉辦第三次活動時，製作了更多購物券，希望大家可以拿著購物券，快樂的參加活動。

同學們看到活動現場有很多東西，手上拿到的購物券也比上一次還要多，大家都覺得可以盡情的挑選物品。

「我覺得我好像變有錢了！」

「感覺真的很棒！」

同學們都很開心，可是，第三次的活動真的成功了嗎？這一次，又發生了新問題。拿著購物券來挑選物品的同學們，隊伍還排得很長，可是物品差不多都賣完了。

這時候，昇浩說：「我想要那件襯衫。我有兩張購物券，把襯衫給我吧！」

活動原本的規定是，一張購物券只能交換一個物品，但是現在昇浩卻打破了這個規定。

於是，其他同學們跟著競爭：「我也想要那件襯衫！我出三張購物券，所以應該給我。」後面還沒有選到物品的同學們，開始你一句、我一句的大喊起來。

「我出四張！」

「什麼？那我出五張！」

襯衫的價格越來越高，教室內吵成一片，活動人員哭喪著臉。這時候，原本還在後面排隊的同學們突然開始丟掉手中的購物券。

「有購物券也沒用。想要的人就拿走吧！」

明明有拿到購物券，可是什麼也買不

到。同學們心情低落的回家了，活動人員一邊打掃著滿地的購物券，一邊嘆氣說：「唉，真是亂成一團。為什麼會發生這種事情呢？」

「有用」與「無用」？

去超市的話，可以看到無數的商品，而且每個商品的價格都不同。為什麼有些商品的價格很便宜，有些商品卻很貴呢？有的人可能會這樣想：「是不是根據商品的用途來決定價格？因為有些商品很有用，但有些商品卻沒有用。」

事實是不是真的如此呢？我們用「水」和「鑽石」來舉例，人們喜歡鑽石，是因為鑽石比較貴還是它比較有用呢？

以生存來說，我們沒有水就會活不下去，可是鑽石卻沒有必要性。因為我們沒有鑽石也不會死掉，可是沒有水卻會導致死亡。因此，對我們來說，水和鑽石當中，對我們真正有用的是「水」。

但是鑽石卻更加昂貴，因此商品的價格很難說是根據「用途」來決定的。

商品的價格大致上，是由買的人和賣的人之間的關係決定。賣商品的人會盡可能想要賣貴一點，買的人則盡可能希望便宜一點。因此，賣的人會訂出一個可以賣得出去商品的最高價格，因

為太貴的話，人們會完全不想買。另外，如果那個商品很難取得，加上想買的人又很多的話，價格自然可以賣得更貴，相反的，如果人們不太想要那個商品的話，價格自然下跌。

世界上所有的人都需要水，但世界上的水也很多，因此，水會賣得很便宜。甚至便宜到有的商家乾脆直接免費提供，因為它太容易取得。

雖然說，跟需要水的人比起來，想要鑽石的人相對是少數，可是世界上的鑽石非常少。因此，那些想要鑽石的人們就會開始競爭，這也讓鑽石的交易價格變得很貴。

試想一下，如果水也變得跟鑽石同樣昂貴的話，真的不知道該怎麼辦？所以水資源雖然充沛，大家還是要懂得珍惜。

世界上最貴的顏色

現在我們所使用的顏料是化學原料，工廠大量生產，價格便宜，每種顏色的價格也差不多。可是，在以前就不是如此了。

以前是在大自然中找到原料後染色，所以，如果那個顏色是用很容易就能找到的原料製作，價格就很便宜。如果使用的是很難找得到的原料，才能製作出來的顏色，就會賣得很貴了。

歷史上最貴的顏色之一是「群青（Ultramarine）」，製作這種群青色的原料是青金石。青金石跟大理石類似，必

衣服越貴越好？

有一家百貨公司不小心把兩千元的衣服貼上兩萬元的價錢，消費者應該不會看上貼著如此荒唐價格的衣服吧？沒想到出乎意料，那件衣服賣得非常好。大家覺得是為什麼呢？

須將它細細磨成粉才能使用。這種顏色在歐洲廣受歡迎，可是青金石又很難取得，要從遙遠的阿富汗搬運過來。

文藝復興時代的李奧納多．達文西，或米開朗基羅等天才畫家們會根據訂單為客人畫畫。當時畫畫的顏料非常貴，繪畫的市場也不活躍，所以他們必須依靠客人下訂單才能夠畫畫和生活。當時的畫畫訂單內容，具體到素材或主題、大小、甚至是顏色都寫得很清楚。

李奧納多・達文西的《岩間聖母》就是屬於這類客製化的作品，為了體現出聖母瑪利亞的高貴感，她身上所穿的衣服就是使用群青色。下訂單的人會要求使用這種昂貴染料，應該是大富翁吧？

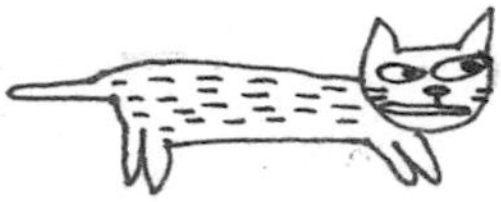

不過，有時候也會忍不住這樣想：如果群青色不是非常昂貴的話，還會那麼受歡迎嗎？會不會其實群青色不是因為人們喜歡才變貴，而是因為貴才會讓人喜歡呢？

世界上最貴的花

歷史上最貴的花是鬱金香，十七世紀時，當時鄂圖曼土耳其派遣到荷蘭的大使，把鬱金香球根作為禮物，送給當時荷蘭最優秀的植物學家。從此，荷蘭就開始繁殖鬱金香。它的美麗受到人們喜愛，價格也開始跟著上漲。

鬱金香球根買回來之後，等到第二年開出的花，就可以賺到大筆金錢，於是大家開始爭相購買鬱金香球根，使得鬱金香的價格不斷上漲。

最後，鬱金香的價格貴得離譜，就連沒有錢的人，也賣掉房子來投資鬱金香，希望能賺大錢。

因為買的人很多，價格就會上漲，荷蘭當時想要買鬱金香的人簡直多到不正常了，價格當然也貴到不正常。

其中最貴的鬱金香，是一種會開出紅色條紋的皇家鬱金香球根，竟然可以賣到六千的荷蘭盾！當時勞工的年薪是兩百至四百荷蘭盾，一個家庭一年的生活費大約是三百荷蘭盾。有沒有被嚇到？一顆鬱金香球根的價錢，居然是一個家庭二十年的生活費！

這種亂象不可能永遠持續下去，西元一六三七年，鬱金香市場就衰敗了。因為鬱金香持續上漲的結果，貴到人們都買不起，再也不想投資鬱金香。

於是，鬱金香價格馬上就往下跌，那些曾經投資鬱金香的人們也就債台高築了。

想想，人們為了一顆鬱金香球根，投入如此龐大的金錢，實在是一件很愚蠢的事。可是，當時的人們過於盲從，以為只要買了鬱金香就可以賺大錢，沒有去思考鬱金香的適當價值。不過，只有荷蘭人會那樣嗎？

大量印鈔票的結果

孩子們正在玩堆疊遊戲，仔細一看，居然是一捆一捆的鈔票？天呀！這是多麼有錢啊？

其實這是因為孩子們沒有錢買玩具，只好拿錢來玩……咦？這句話好像哪裡怪怪的？

這個矛盾的現象是發生在第一次世界大戰之後

的德國，那時候，到底發生什麼事情呢？

第一次世界大戰後，打敗德國的英國、法國、俄羅斯要求德國賠償巨額的戰爭賠償金。為了支付戰爭賠償金，德國政府想出來的方法就是大量印鈔票。

印鈔票雖然解決了賠償金，可是，後面就開始產生問題，因為市面上出現的德國貨幣實在太多了。

為什麼錢很多會產生問題呢？那是因為跟錢相

比，實際可以買到的物品太少了，所以物價就開始瘋狂上漲。當時物價貴到連買一個麵包，都需要用車子載著滿滿的鈔票去購買才行，這種物價上漲的現象稱為「通貨膨脹」。

錢越來越多，表面上看起來很好，但是鈔票印製太多的話也會引發問題。各國政府為了不讓物價上漲得太快，都會控制鈔票的數量。

沒有價值的「當百錢」

在韓國，如果有一個小孩跟媽媽要求：「媽媽，請給我零用錢。」媽媽卻回答：「沒有一文硬幣。」這是什麼意思呢？這是

跟景福宮有關的故事。

景福宮是朝鮮建國以來，代表各代王室的宮殿，可惜壬辰倭亂時被燒掉了。之後，朝鮮晚期的興宣大院君為了彰顯王室的權威，打算重建新的景福宮。問題是，修建宮殿要用到很多錢，當時的王室，為了解決經費不足以重建宮殿的困窘，特別發行了「當百錢」這種貨幣。

由於發行過多的「當百錢」，最後發生了嚴重的通貨膨脹。一開始發行「當百錢」時，一石米的價格大約是七至八兩。一、兩年之後，米價已經上漲六倍了。

物價上漲到這個地步，「當百錢」自然就成了沒有價值的貨幣。於是當時的人們會用「沒有一文當百錢」來表達口袋內沒有錢，這句「沒有一文當百錢」慢慢的演變成「沒有一文硬幣」。

所以「沒有一文硬幣」這句話是形容一個人，連完全沒價值的「當百錢」都沒有。代表身上「連一毛錢都沒有」，口袋空空的意思。

第三章

透過「購買」跟世界建立關係

世界上有良好的關係，也有不好的，我們通過「花錢」這件事，也可以跟這個世界結下不同的關係。我們能夠吃到米飯，那是因為有種米的農人、販售稻米的商人，還有煮飯給我們吃的父母。雖然同樣都是買牛奶，如果我們買的是在健康的環境，飼養乳牛所生產的牛奶，那我們就跟這個世界產生良好的關係。如果想透過消費，跟世界結下良好的關係，應該要怎麼做呢？

善良的足球

「以物易物」的第四次活動又要開始了！因為主辦的人已經越來越熟練，所以第四次活動順利的進行。

但還是出現了一個新的問題！直到活動結束之前，問題都還沒有解決。那

就是集會上出現一個讓許多同學們都想要的物品——一顆足球。

這顆足球看起來亮晶晶的，外表嶄新，因為太多的同學都想要這顆足球，到底要給哪個同學

才好呢？

有的人說：「我的足球已經太舊了，會漏氣，沒辦法踢很遠，所以我一定要那顆足球。」

也有人說：「我的足球不見了。但媽媽說是因為我沒有好好保管，所以她不會再買給我了。」

每個人都說出了自己為什麼想要這個足球的理由，聽起來都很合理。這樣一來，就更難做出決定了。

這時候，把足球帶來的小智開口說：

「我有一個主意，如果把這個足球讓全部的同學共同使用的話，問題不就解決了嗎？我決定把它捐出來。」

同學們聽了都鼓掌贊成小智的決定！

小智繼續說：「不過，這是有條件的。大家先聽一下，這顆足球是『善良的足球』。」

一個同學好奇的問：「足球是人嗎？怎麼會有善良或不善良？」

小智聽了，臉上露出了微笑：「我知道有人會覺得很奇怪，但是聽我說完，就會知道是什麼意思了。據說，巴基斯坦有些小孩沒有辦法去上學，他們每天都在製作足球，做好一顆足球能拿到的工錢非常少，每天最多只能製作兩顆。大企業付給這些小孩很少的工資，但販賣他們製作的足球時，價格卻訂得很高。而『善良的足球』是提供合理的價錢給製作足球的人，如此一來，他們的孩子就可以去學校上學。」

之後，班上的同學決定只踢這顆「善良的足球」，當其他班級的同學拿著貼有名牌商標的足球來炫耀時，他們都會說：「不管你的足球有多麼厲害，我們踢的可是『善良的足球』。」

有緣千里一「線」牽

生活在美國的賈桂琳，小的時候從叔叔那邊收到過一個禮物，那是一件綠色的毛衣，賈桂琳非常喜歡這件毛衣，常常穿著它。不過，有一天她在學校被其他同學嘲笑之後，她就沒有再穿過這件毛衣。後來，這件毛衣就被賣給了二手商店。

隨著時間流逝，賈桂琳也忘記了這件毛衣。

長大之後的賈桂琳，有一次去非洲的盧安達旅行。在那裡，她看到某位少年身上穿著一件相當眼熟的綠色毛衣，她嚇了一跳。原來那件綠色的毛衣，就是自己在少女時代所穿過的衣服呢！

賈桂琳透過這件事情領悟到世界上所有的人和事，都是彼此連結的，於是她下定決心，要為非洲那些受到貧窮所苦的人們做些事情。她還把這個過程當中發生的許多事情寫成書，那本書就是《綠色毛衣》，我們也可以從中體驗到賈桂琳的特殊經驗。

其實不只是賈桂琳的毛衣會旅行，我們身上的毛衣，也是從遠處來的。

冬天天氣很冷的時候，就會穿上保暖毛衣，而用羊毛線所做的毛衣非常舒適暖和。要製作毛衣就需要毛線，世界各地都會用羊毛做成毛線。像土耳其就是大量生產羊毛線的國家之一，他們會在草原上飼養羊群，然後剪下羊毛做成毛線。

做毛衣的公司把總部設在義大利，他們在義大利設計毛衣的款式。然後根據設計，從土耳其購買毛線寄到工資便宜的國家，例如中國。中國的工廠會根據設計圖做出毛衣，完成後的毛衣會貼上義大利總部的商標。包裝好之後就會寄到世界各國去販售，部分毛衣會來到臺灣，臺灣的賣場上就會陳列出這些毛衣，我們就會跟著爸爸媽媽一起去挑選。

一件毛衣在送到自己手上之前，經歷了無數國家和許多人的手。穿上一件毛衣，我們就會跟很多國家，還有許多人締結了緣份。不只毛衣，我們使用的所有東西都是如此。

「金玉其外」的橘子

如果你去市場買橘子，你會挑選怎麼樣的橘子呢？一般都會挑選大顆，而且黃澄澄的橘子。那麼，大家有直接摘過樹上的橘子嗎？樹上的橘子並不是全部都像我們在市場看到的橘子那麼好看，有些因為蟲咬還會有點瑕疵。那麼，這些好看的橘子是如何變身而來的呢？

橘子收成時，農夫們會先挑選沒有瑕疵的橘子，因為有瑕疵的橘子賣相不佳。可是，如果成熟的橘子中，有瑕疵的很多，農夫們就會很苦惱。辛苦栽種，結果都賣不出去，他們會很傷腦筋。

於是，農夫們為了種出沒有瑕疵而且大顆的橘子，就會使用農藥。這是為了防止鳥或蟲子來破壞橘

子，這樣種出來的橘子，就可以賣得到好價格了。

接著，為了讓橘子看起來更好看，還會上蠟。蠟本來是用在家具或汽車上，目的是為了讓它們看起來有光澤。結果那些誘惑我們購買，看起來閃閃發亮的橘子都是因為上了蠟。

如果我們每次只挑選漂亮的橘子，那我們就會吃到為了讓橘子外觀更好看而上了蠟的水果。

問題是農藥和蠟都是對我們身體有害的物質，即使我們會剝掉橘子皮，只吃果肉也不可能完全安心，因為農藥和蠟的有害成分，會透過橘子皮滲透到果肉裡面。

既然這麼做有害健康，為什麼還要使用農藥或蠟呢？那是因為人們喜歡買漂亮而沒有瑕疵的水果。如果人們願意購買看起來不完美，表皮有一點受損，但

購買「友善環境」的產品

現在的人們越來越關心自己所買的東西，是不是對環境和健康都友善？於是，不使用農藥或化學肥料的產品也越來越多。那麼，哪些產品是沒有使用農藥或化學肥料呢？這些產品都會貼上無農藥、友善環境、或是有機農等的標籤。

完全不使用農藥和蠟的橘子，農夫們應該也會使用對地球更友善的方式耕種。

我們消費的方式會影響世界的未來，如果希望地球有健康的環境，可以大量種植出良好的農產品。那麼，比起那些漂亮的橘子，我們更應該把長得醜的橘子放入籃子裡。

剛果大猩猩的家不見了

你會因為現在拿的手機是老舊的型號而覺得不好意思，一直想要換新的手機嗎？每次我們在購買新手機的時候，剛果的小孩正在因戰爭而失去父母，而大猩猩也在面臨滅亡。

製造手機電池時，需要鈳鉭鐵礦（Coltan）這種材料。這種鐵礦原本是不被關注的資源，可是越來越多人使用手機之後，全世界的鈳鉭鐵礦需求量大幅暴增，價格也上漲了十倍以上。

剛果是世界上賣出最多鈳鉭鐵礦的國家，全世界有百分之六十以上的鈳鉭鐵礦都存在卡胡茲——別加國家公園（Kahuzi-Biega National Park）內。剛果位於非洲中央地帶，它跟八個國家的國境相接，這裡是

政治上極為不穩定的地區。

剛果的周邊各國，以及世界上的其他強國，對剛果的地下資源一直虎視眈眈，隨時想要尋找機會奪取，特別是鈳鉭鐵礦越受到重視，剛果就越擺脫不了各方的威脅。

而且，在開採鈳鉭鐵礦的過程中，人們紛紛湧入森林砍樹挖河，因此森林不斷被破壞。卡胡茲——

別加國家公園是有名的大猩猩棲息地，西元一九九六年的動物普查，還有大約兩百八十頭的大猩猩。結果到了西元二〇一一年只剩下不到兩百頭，大猩猩的生態受到嚴重威脅。

舊手機也可以回收

我們可以做些什麼來拯救大猩猩呢？最簡單的方法是，更加珍惜使用現有的手機，同時克制自己不要買新手機。如果手上的舊手機再也無法使用，也可以參加「舊手機回收活動」讓它被回收利用。這樣一來，鈳鉭鐵礦等各種金屬資源就可以再次被使用。

傳統的雜貨店與現代的超市

住在大城市的人們，習慣去大型超市購買商品。這樣一來，社區內的小店家或是雜貨店生意就會變差，當商品銷售不出去的時候，就會開始慢慢累積灰塵。偶爾去一次小店家或雜貨店的人看到這樣的商品，可能會感到失望，下次就會改到大型超市購買了。

於是，雜貨店的客人越來越少，商品上面所累積的灰塵也越多，經營變得更加困難。小店生意不好，最後可能是歇業關門或轉型。現在偶爾還會看到一些傳統的雜貨店，不過數量已經很少。

而且，你有沒有注意到，當你去大型超市購物時，是不是會購買比平常更多的商品？

去大型超市購物時，原本沒有需要買的一些東西，但是看到架上排列琳瑯滿目的商品時，就不知不覺放到推車內了。或是看到很多打折商品時，我們的內心也會動搖。因為價格便宜，常常就會把不需要的商品也放入推車，結果因為買了過多的食物，來不及吃完，擺久過期不新鮮，最後只好丟掉。

買到便宜的商品時，會認為自己很節儉，覺得很開心，可是如果買了自己不需要的商品，其實只是浪費錢。

選擇吃「善良的巧克力」

你喜歡吃巧克力嗎？巧克力的原料是可可豆，西非的象牙海岸大約有六十萬個可可豆農場。在這些可可豆農場內有許多九至十二歲的孩子，每天像奴隸一樣工作十二個小時以上，這樣的孩子超過三十萬人。

孩子們要爬上高高的可可豆樹工作，負責採摘可可豆果實、灑農藥和除草。他們除了無法上學，也沒有收到合理的報酬，甚至連飯也吃不飽。為了改變這些不對的事情，才會出現「善良巧克力」。善良巧克力不是由孩童生產，而是給予生產者合理的報酬，因此巧克力的價格比較貴。

如果農場的人們可以收到合理的可可豆價格，父母就可以餵飽孩子，也可以送孩子去上學。

也就是說，因為我們選擇吃善良巧克力，那些象牙海岸的小孩子就有更多的機會去上學，我們可以通過消費和世界建立友好的關係。

幸福
錢

第四章

有錢的話就會幸福嗎？

你會想要很多東西嗎？你會不會覺得如果有很多錢該有多好呢？那麼，你想要多少錢？你覺得錢越多，就會有好事發生嗎？錢越多的話，才會幸福嗎？讓我們來好好思考一下。

會打扮的小真

班上開始舉辦第五次「以物易物」的活動，小美帶來了很久之前就想處理掉的牛仔褲。

小美從一開始買這件牛仔褲時，就不喜歡它了。因為當時她想買的是百貨公司內最新流行的牛仔褲，可是媽媽卻在百貨公司前面的地下商場，買了這條連品牌都沒有的牛仔褲。

回家的路上，小美在內心默默的想著：「等長大以後，我自己可以賺錢時，一定要把我想穿的所有衣服都買回來。」

就這樣，她穿了兩次之後，就把這條牛仔褲帶來班上的交換活動了。買下這條牛仔褲的人是小真，小真看起來非常喜歡這條牛仔褲。

「小美，這麼漂亮的牛仔褲，妳賣掉之後真的不會後悔嗎？」小美沒想到小真會買下這條牛仔褲，有點吃驚。

交換活動之後，小真就經常穿著這條牛仔褲來上學，而且每次都會挑選搭配這件牛仔褲的上衣，看起來真的很漂亮。小美的胸口突然有點痛，她開始覺得後悔了。

過了幾天，小美對小真說出了真心話：「我覺得我不應該把它帶來班上的活動，我好像做了一件傻事。」

小真笑著說：「如果妳想要把它拿回去的話，我可以還給妳。」

「謝謝妳，不用了，那是因為妳穿才會好看。我原本就討厭穿牛仔褲。」

小真邊笑邊說：

「妳知道在我們家，每當有人說要去購物時，是去哪裡嗎？我們不是去百貨公司或購物中心，我們會去便宜的二手商店。一開始我也很討厭去那種地方，但是現在我很喜歡。只要想到別人覺得不需要或是打算丟棄的東西，被我發現之後，可以好好使用，我就覺得自己好像探險家或發明家。」

小美聽完總算明白，原來花錢買昂貴的衣服，並不能成為穿搭達人，也不會產生愉快的心情。

慾望有沒有盡頭？

有句話說：「人的慾望沒有盡頭。」仔細想想，好像真的是如此。如果一個月有三千元的零用錢，心裡就會想著，要是一個月能夠變成五千元的話，那該有多開心呀！可是，如果真的收到五千元的零用錢時，依然會覺得不夠。

如果你本來沒有手機，就會想著如果有一支最新型的普通手機該有多好？可是，當你發現周遭的人都去買智慧型手機時，就會跟著想要智慧型手機。

慾望真的沒有盡頭嗎？大家有去過「吃到飽」餐廳嗎？「吃到飽」餐廳只要支付固定的費用，就可以讓你無止盡的吃。餐廳內擺滿各式美食，可以盡情享用，真的是美食樂園。

可是，我們一般人其實沒有辦法吃很多，除非是大胃王。通常吃了一、兩盤之後，就會覺得很飽。雖然慾望沒有盡頭，可是，當肚子

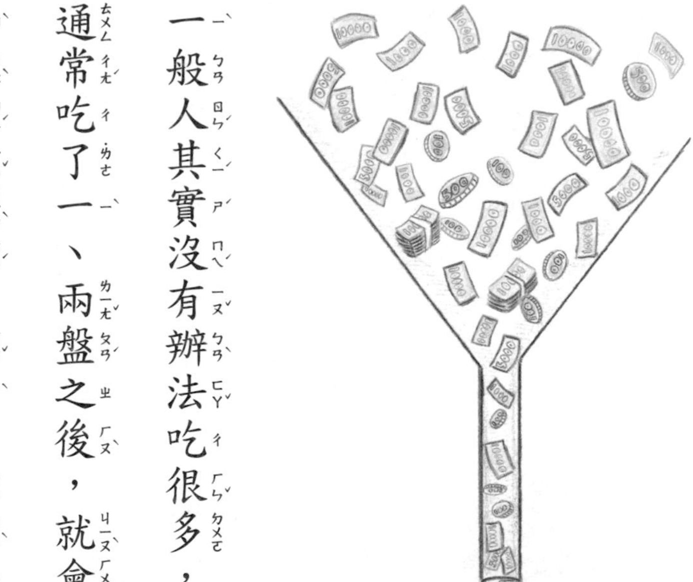

飽了之後，想吃的慾望就會消失。

漂亮的衣服是不是越多越好呢？你有沒有想過，假如有十件漂亮衣服，應該會很幸福？如果擁有三十件也不錯？那麼，擁有一千件的話又會怎樣呢？家裡應該到處都是衣服吧？說不定，我們還必須坐在衣服上吃飯，用衣服當作棉被睡覺呢！而且，因為衣服太多了，根本不可能每一件都穿過。所以，雖然慾望沒有盡頭，但是對衣服的慾望，到了某個程度就會降低。

可是，只有一個東西，人們對它的慾望是真的沒有盡頭，那就是「金錢」。

說穿了，金錢本身其實沒有什麼用途，但是它可以換成自己想要的其他東西，像是食物、衣服、玩具等，你所想要的東西幾乎都可以用金錢買到，因此對金錢的慾望好像真的無窮無盡。

可是，並不能因此就放任自己對金錢的慾望無限延伸。就像為了健康，我們必須要懂得學習調整飲食，為了幸福，我們也要調整對金錢的慾望。

從天而降的意外財富

如果有一個人，突然之間擁有一大筆錢，那些中樂透後，大發橫財的人會變得更加幸福嗎？據說，大多數的人反而過得比之前更不幸。因為要躲避身邊的人來要錢而不得不搬家，甚至家庭關係也不和諧。

節約用錢

珍惜時間

跟以前的人相比，現在的我們過得非常富足，不但可以吃很多的肉，也有許多漂亮的衣服可以穿。只要按下開關，就可以看到有趣的電視節目，即使在家不出門，只要坐在電腦前就可以知道世界上的所有消息，出門也有可以載我們去任何地方的交通工具……，非常方便。

可是，想要過著如此棒的物質生活，是需要支付金錢的，如果想要過得更好，就需要更多錢。因此，人們為了賺錢，只好花更多時間在工作上。為了工作減少跟家人相處的時間，減少跟朋友相聚的時間，也減少做自己喜歡的事情，最後，甚至也減少了睡眠的時間。

有人工作一個小時可以賺兩百元，意思是這個人用兩百元賣掉了人生中的一個小時。工作結束後，在咖啡廳跟朋友見面喝咖啡，這杯咖啡錢也是兩百元。這樣看來，就好像是為了喝這杯咖啡而支付了這個人一個小時的時間。

所以我們花錢就等於花掉了人生中重要的時間，因此，如果任意揮霍金錢的話，就是任意揮霍時間。

時間也可以購買東西？

有一部電影《鐘點戰》描寫利用時間來支付費用，原本買食物、搭計程車、繳房租等都是用錢，而電影裡所有人生需要的東西則是用「時間」來計算。當主角擁有的時間都被用完的瞬間，就會馬上心臟麻痺而死亡。有錢人可以用錢買時間長命百歲，可是窮苦的人必須通過勞動，才能購買到勉強可以度過一天的時間。

當我們買了最新型的電腦時會很開心，能夠常常買新衣服的話，感覺也很棒，住在大房子裡面也很舒服。可是，仔細想一想，為了這些消費所花的錢，等於都是在花父母的時間。節約金錢，其實就是在珍惜生命給予我們的時間。有智慧的花錢，而且不浪費錢的話，才能過得更加幸福。

打開錢包之前……

我們的零用錢是有限的，因為父母給我們零用錢的口袋也有限度，不是無底洞。既然我們沒有可以源源不絕流出金錢的魔法錢包，就必須用有限的金錢好好過生活，並且要從其中找出幸福之路。

如果想要名牌新包包，是因為朋友們都買了，我也不得不買嗎？這樣子的話，就是所謂的「模仿消費」。模仿者容易因為這樣持續的浪費金錢，讓口袋變空，剩下一堆不適合自己的物品。

如果你認為你的朋友們都有那個包包的話，首先，你要先確定身邊的朋友們，真的都有嗎？因為很有可能你太想要那個包包，所以眼中只看到它，誤以為所有的朋友們都有那個包包。

朋友們之間，總是有人追流行買新包包，等到開始流行其他的新包包時，之前費盡心思購買的包包馬上就會退流行，變成土氣十足的包包。所以每次購買新包包，可以到處炫耀的時間能有多久呢？

如果你已經有三個包包，都是保存良

好的。但現在心動想買的新包包說不定很快會退流行，也可能馬上會覺得它不好看，即使如此，你還是很想要買的話，那麼就買吧！畢竟，我們沒辦法每次都能夠做出合理的決定。

不過，請記住，這樣的行為只能偶爾，如果常常發生這種事情會變得很困

擾。不只是因為我們沒有魔法錢包，而且，新包包可以帶來的幸福也很短暫。

每次打開錢包之前，我們都要知道這些錢應該用在哪裡？才能夠讓自己和家人更加幸福。

扭曲的「炫耀性消費」

二十世紀初，美國有個百萬富翁把一百美金的紙幣捲成香菸來抽，當其他人用羨慕的眼神，看著那個將一百美金紙幣捲成香菸來抽的人時，他會有種興奮的感覺。像這樣為了假裝自己很厲害而花錢的行為，稱為「炫耀性消費」。

尋找幸福的鑰匙

思特里克蘭德原本是一名股票經紀人，為了家人而認真的賺錢。有一天，他為了畫畫拋棄了所有東西，全心投入畫畫。他說：「我一定要畫畫，如果不能創作，絕對是我無法忍受的事情。就像掉入水中的人，會不會游泳是個問題嗎？先游上來才是最重要的！因為如果不那樣做的話，馬上就會死掉。」

正因為這股如果不畫畫，覺得好像馬上就會死掉的壓迫感，讓他即使貧苦也要做自己想做的事情。

這是來自威廉・薩默塞特・毛姆的小說《月亮和六便士》的故事。這本小說的取材，是來自有名的畫家保羅・高更。

無論是誰都想要過得幸福，許多學者也以幸福為主題做了許多研究。到底幸福的鑰匙是什麼？有趣的是，幸福的鑰匙跟金錢完全無關。人們可以做喜歡的事情，可以讓別人開心，可以獲得正面評價時才會感到幸福。

「點石成金」的故事

希臘神話中，有一個關於弗里吉亞的邁達斯王的故事。邁達斯王向酒神狄俄倪索斯請求，希望自己雙手觸碰的所有東西都能夠變成黃金，而酒神也實現了他的願望。

擁有「點石成金」的能力之後，邁達斯王覺得非常幸福。他摸到書桌，書桌就會變成黃金，摸到床，床也變成了黃金。可是邁達斯王的幸福能夠一直持續嗎？

邁達斯王馬上就遇到了問題，他無法吃食物，因為他的手一碰到麵包，麵包馬上變成黃金，手一碰到肉，肉也會馬上變成黃金。甚至他也無法喝水，當然也無法擁抱心愛的人。

於是，邁達斯王再次向狄俄倪索斯請求，希望酒神可以收回他的願望。狄俄倪索斯告訴邁達斯王，若是到帕克托羅斯河沐浴的話，這個能力就會消失。邁達斯王照做之後，點石成金的能力終於消失不見了。

人們都想要擁有許多金錢，認為有許多錢的話，就會過得很幸福。邁達斯王的故事告訴我們，即使擁有許多金錢也不一定會幸福。金錢不足是問題，但是擁有過多也是問題。

第五章

「廣告」的吸引力

我們的生活周遭充滿廣告，看電視時有廣告，用網路時也有廣告。出門走在路上會看到廣告，回家在玄關門前也會看到廣告。常常看到商品廣告的話，就會想要買東西。為什麼我們看到廣告就會想買呢？

小平的祕密

「太好了，這段時間雖然遇到各種事情，但今天的活動總算順利結束了。」活動負責人之一的小梅這麼說，其他的負責人也紛紛點頭認同。

「不過，還是發生一件有點奇怪的事情。」燦宇嚴肅的說。

「發生了什麼事？」其他人都嚇了一跳，趕緊追問。

「並不是真的發生什麼事，只是很奇怪。我從來沒有想過要買骷髏圖案的手臂套，可是……我居然買了兩個，我為什麼會這樣呢？」

「手臂套的話，我也買了。這有什麼關係嗎？看起來很酷呀。」

其他人紛紛拿出自己買的手臂套。天呀！所有人都買了骷髏圖案的手臂套。每個人都買了相同東西，這不是很奇怪嗎？為什麼會發生這種事情呢？

「賣手臂套的人是小平，他今天帶來三十個，應該都賣完了吧？」

大家正在聊這件事情時，燦宇突然想到：「一定發生了什麼我們沒有注意到的事情。」

隔天，燦宇還是想不出來原因，終於忍不住直接去問小平。他問小平為什麼能夠賣出那麼多的手臂套？小平得意洋洋的說出了真相。

原來，小平家裡有許多骷髏圖案的手臂套，這些本來是賣不出去的東西。於是，小平為了可以在活動時販售，便開始絞盡腦汁。

小平在活動開辦的前一週，就去拜託全校有名的美女夏莉和帥哥成泰。

夏莉和成泰因為小平的請求，一起戴上骷髏圖案的手臂套拍照。接著，小平就把照片上傳到網路，還印出來分送給同學們。

成泰和夏莉戴著骷髏圖案的手臂套，看起來真的很帥氣，感覺也很酷。一開始原本不感興趣的同學們，看了幾次照片之後，慢慢的，也覺得骷髏圖案的手臂套很好看。於是在以物易物的活動時，一出現骷髏圖案的手臂套，每個人都排隊去買。

電視台用什麼方式賺錢？

電影和電視劇有許多不同，最大的不同之處，是看電影必須花錢，而且要到電影院才能欣賞大螢幕。而電視劇則可以在家，通過電視免費觀看。

製作電影需要許多費用，製作電視劇的錢也不少。那麼，這些錢是由誰來支付的呢？是電視台出的錢嗎？那麼，讓觀眾免費看的電視台要怎麼賺回那些錢呢？

電視台是用各家公司委託的「廣告」來賺錢，然後再拿收入去製作各種節目。電視台把播放廣告的費用賣得越高，就可以賺到更多錢，可是要怎麼做才可以把廣告賣得更貴呢？

這個問題如果站在廣告公司的立場來想的話，就能夠找出答案。廣告的目的是希望越多人看到這個廣告之後，能夠來買自己公司的商品。因此，在收視率高的節目前後時段，播放廣告是最好的方式。所以節目收視率越高，廣告費就會越貴。

於是各家電視台為了提高收視率展開了激烈的競爭，當電視劇的收視率高的時候，就會延長集數，相反的，收視率低的話，節目就會提前結束。

廣告收入怎麼計算？

廣告是以十五秒為單位來販售，一個小時的電視節目，能夠製作播放的廣告長度，會依不同國家的相關法規，有不同的限制。根據收視率的高低，費用也會有所差異。

誰支付了廣告費用？

假設你現在走進超市，眼前看到不同種類的泡麵，你會選擇哪一種呢？如果沒有特別想吃的話，就會選擇有名的泡麵吧？

為什麼那家公司的泡麵會有名呢？我們又是如何知道那家公司的泡麵很有名？這些都是廣告教我

們的。

製作泡麵的公司花錢買了許多廣告，讓我們對那家公司，還有它的商品產生親近感。於是我們會自然而然認為那家公司很有名，同時也會相信有名的公司，生產的商品也會很好。

就算你想要挑選剛上市的新品泡麵吧！想想，你又是如何得知這是新的商品呢？這也是廣告告訴我們的。企業製造出新商品之後，會透過廣告向社會大眾推廣。當人們知道有新泡麵的存在之後，就會產生想吃那個泡麵的想法。

現在技術發展的非常快，品質好的商品到處都是。消費者在挑選商品時，總是非常苦惱，這時候，廣告就發揮了相當重要的作用。

例如，想買新冰箱時，如果要先比較各種款式冰箱的耗電力、馬達、冷凍功能等資訊，非常不容易。加上冰箱的基本功能也差不多，這時候，人們就可能會考慮購買自己喜歡的藝人所代言的冰箱。因為每家商品都差不多的時候，人們會挑自己喜歡的！

可是製作廣告的費用、付給電

視台播放廣告的費用，這些都是需要花費大筆金錢，這些錢從何而來呢？消費者在購買商品時，所支付的商品價格裡面，其實就已經包含了廣告費。

也就是說，企業是用消費者購買產品時，所支付的金錢來製作廣告。

「潮服廣告」的模特兒是誰？

國高中的哥哥姊姊們會選擇自己喜歡的藝人代言的衣服。因此，只要看潮服廣告模特兒是誰，就可以知道現在最受青少年喜歡的明星是哪些人。

無所不在的「置入性廣告」

不是只有電視廣告時間才會出現廣告，你所看的電視節目裡面也會出現廣告。

比方說，那些出現在綜藝節目的藝人，是不是都穿著運動服？當我們持續看著他們穿著某品牌的運動服跑來跑去時，是不是就會覺得這套運動服看起來不錯，有時候也會好奇是哪個牌子？有些人甚至會因為看了之後很喜歡，然後去購買。

藝人們演出時所穿戴的衣服、配件、包包、鞋子等商品，被搶購一空的現象已經不稀奇了。某些藝人只要穿搭過的東西馬上賣光的話，還會被冠上「帶貨王」的稱號。這個並不是偶然發生的現象，而是生產衣服的公司希望影響觀眾，特別花錢贊助節目的結

果，這就是「置入性廣告」。

置入性廣告不只是衣服，其他像是家具、電子商品、化妝品、飲料等所有商品也都可以這樣操作。間接廣告的費用比直接廣告的費用便宜，而且觀眾比較不會排斥，效果反而更好。

因為在廣告裡面說這個商品多好時，人們可能會心想：「廣告當然會說好。」然後刻意無視那個廣告。可是在節目中置入的廣告，觀眾反而會因為沒有防備，而不知不覺被說服。

據說針對流行敏感的青少年，在綜藝節目或電視劇中置入的廣告非常有效果。

在電影中出現的巧克力

舉一個成功置入廣告的例子，是電影《外星人E.T.》中出現的Hershey's巧克力。小孩用Hershey's巧克力吸引外星人的場面讓人印象深刻，當時電影上映票房大受歡迎，這個商品也跟著熱賣。

抓住人心的動漫廣告

電視台播放的動漫卡通節目也是有廣告策略的，當播放跟機器人有關的內容之後，緊接著，就會讓小朋友們看到機器人的相關廣告，這樣小朋友就會要求爸爸媽媽購買。

以前機器人動漫的主角只有一位，

現在主角通常會有好幾位。那是因為主角如果只有一位，只能賣一個機器人。可是當主角有好幾位的時候，就可以賣好幾個機器人。而且動漫的主角機器人還會進化，由好幾個機器人組合成一個超巨型的機器人。

這時候，小朋友應該又會要求買新的玩具了吧？

廣告是先研究人類心理之後，再巧妙製作出吸引人們想要購買的內容。因此，當我們越常看到那個廣告時，就會越想要買那個商品。如果沒有廣告的話，或許就不會知道有那個商品。或是沒有看到廣告，可能就不會想買，看了廣告之後，容易讓我們的內心產生慾望。

善良的廣告

巴西曾製作了某個殘障運動協會的廣告，主角是坐在輪椅上的殘障人士。他拿著籃球，面對著鏡頭，說出這樣的一段話：「比爾・蓋茲一天坐著工作十五個小時，故意不雇用殘障人士的您要怎樣辯解？」這是為了促進雇用殘障人士的廣告。

荷蘭致力宣導擺脫貧窮的團體，製作的廣告內容，是在超市買了一隻雞，然後出現這樣一句話：「這隻雞吃掉了比東帝汶一個小孩需要量更多的藥（抗生素）。」這個廣告是希望喚起社會大眾對那些飽受瘧疾等疾病折磨，卻連一次藥也吃不到就死去的人，能夠給予關心。

這些廣告並不是為了賣什麼商品，只是想要宣傳理念。所謂的廣告，原本的意思是跟大家宣傳某件事情。因此，只要是跟大家宣傳好的事情，就是善良的廣告。

第六章

花錢也有義務和責任

「花錢」是一件跟其他人產生關係的事情，所以不可以隨心所欲的亂花錢。這是一個人無法獨活的世界，為了一起生存下去，讓我們好好想想如何正確使用金錢吧？

分享「幸運」的活動

「以物易物」的活動已經舉辦了七次，學期末，班上的同學舉行了班級會議，要討論怎麼使用這幾次活動所累積下來的錢。

這些錢是怎麼來的呢？

在辦活動之前，老師就曾經說過：「舉辦交換物品的活動，可以獲得好運。把自己不需要的東西拿出來，然後帶走自己想要的東西，這是一個『分享幸運』的活動。」

因此，同學們約定好要對自己的「幸運」表達感謝時，就會在班級的存錢筒內放入一點錢。於是，連續舉辦了七次的活動，每次舉辦活動的時候，都會有同學為了表示幸運放入十元或是五十元。雖然大家一直認為這些錢不多，再怎麼存也不可能致富，沒想到累積下來，竟然也有一千兩百多元！

「我們可以訂披薩來舉辦同樂會。」

「希望可以用這些錢

出去玩。」

同學們紛紛提出各種有趣的計畫。這時候燦宇說話了：「我們之所以會舉辦這個『以物易物』的活動，是因為我們的生活都過得還不錯，通過這個

活動，可以交換自己不需要，而別人可能需要的物品，還可以節省零用錢，並且保護地球。所以，這筆錢要如何使用，也必須要好好的想一想。」

燦宇的意見也是許多同學的想法，於是班上的同學們在經過討論和調查之後，做出了結論。大家決定把錢捐出來幫助食物不足，生活艱苦的兒童，捐款到專門贈送弱勢家庭食物的機構。

「我們只要忍耐一次不吃披薩，就可以給這些兒童一份好禮物，真的太棒了！」小美一說完，小真也跟著附和。

「這段時間交換物品的活動非常有趣，不過今天這件事情最讓人開心了。」

奇怪的家訓？

在韓國慶州，有一個崔氏的富豪大家族，他們代代相傳的家訓中，有兩條是：

一、考科舉時，不要考上進士以上的官位。財產不要累積萬石以上。

二、饑荒年時不要買土地。不要讓四方萬里內有人餓死。

這不是很奇怪嗎？不要考取更大的官位，還有不要累積過多的財產居然是家訓？官位不是越大越好，財產不是越多越好嗎？

饑荒的時候，許多農夫因為沒有食物只能把土地賣掉。這時候如果用低價購買土地的話，就可以成為有錢人。不過，那些賣了土地的人，就永遠無法擺脫貧窮。

相反的，擁有金錢的人如果不去低價收購土地，而是打開自己的糧倉，把糧食分給窮苦的人，幫助人們度過難關，相信他們之後也會更加努力的工作。

這兩句慶州崔氏家訓所蘊含的意思，是不要利用

一起吃吧！

他人的困難之處來發財，而是要盡力幫助窮苦的人。像這樣強調社會地位高的人，或擁有許多金錢的人，要承擔社會責任的行為，被稱為「貴族義務」。意思是，社會地位越高和擁有許多金錢的人，應該要比社會上其他人要奉獻更多和承擔更多責任。

如果世界上有越來越多實行貴族義務的有錢人，這個世界應該會更加美好吧？

「貴族義務」的由來

古羅馬時期，貴族們實行社會服務和捐贈是一種傳統。貴族們在做社會服務和捐贈的同時，也會認為這是一種名譽。因此，當發生戰爭時，貴族們也理所當然的認為自己應該站在最前線。

錢無法解決所有的事情

朵兒班上有同學在擔任值日生的當天，沒有打掃就跑掉了，於是同學們舉辦了班級會議。經過討論，大家做出決定，以後沒有打掃的同學要繳一百元的罰金。大多數同學因為不想繳一百元，開始乖乖打掃，但是陽陽和詩詩兩人還是沒有改變。

陽陽和詩詩兩人平時的零用錢就很多，所以繳了罰金之後，一直沒來參加打掃。當其他同學責問他們為什麼不打掃時，他們反而理直氣壯的回答：「我們不是已經繳了罰金了嗎？為什麼還需要打掃呢？」聽到這樣的回答，是不是會讓人很生氣呢？

發現問題出在哪裡了嗎？

雖然要求不遵守規定的人繳罰金，就可以解決一些問題，但是也會延伸出另外的狀況，有些人以為只要用錢就可以解決所有的問題。

就像朵兒班上的狀況，繳了罰金之後，反而光明正大不肯打掃的同學。結果就會變成無法負擔罰金的同學們要打掃，而零用

錢很多的同學就會用錢來解決，故意不打掃。

在這個世界上，有許多問題可以用錢解決，但是也有一些問題無法用錢解決。

像是良心、責任感、以及關懷他人等，這些原本要用「心」解決的問題，如果換成用錢來代替解決的話，會讓那些有責任感的人生氣或感到挫敗。

天價罰金背後的原因

全球知名的芬蘭企業諾基亞的副總裁Anssi Vanjoki，有一次被舉報騎機車超速後要繳罰款，你知道罰款有多少嗎？答案是十一萬六千歐元。換算成現在的臺幣是三百六十多萬。歐洲許多國家在開罰單時會考慮違規者的所得和財產，所以錢越多的人要繳的罰金會越高。

窮苦是誰的責任？

為什麼世界上會有窮苦的人，是誰造成的？許多人會說，他們之所以窮苦是因為懶惰或沒有能力。然而，有些人是因為身體不舒服或殘障而無法工作，有些人雖然賺了錢，但是薪水太少，還要扶養父母和兒女，總是入不敷出。這些人都沒有偷懶，也沒有怠惰。那麼，他們是因為沒有能力而貧苦嗎？

小東想要成為擁有證照的廚師，可是因為家庭經濟條件不好，所以無法正式的學習料理，只能在餐廳作打雜的工作。

阿成努力存了一筆錢，開了一間小小的食品店。但是，在食品店的附近也開了一家大型超市，於是人們越來越少去阿成的店消費，阿成的店生意越來越差，難以經營下去。

想要發揮能力，也需要有發揮能力的舞台，可是，越窮苦的人往往越難獲得這種機會。

假設在參加賽跑時，小夏站在前面五十公尺，而且穿著舒適又具有彈性的運動鞋出發。元元站在小夏的後面，腳上沒有穿鞋。即使最後小夏贏了這場比賽，但這是因為小夏原本就跑得很快嗎？旁邊的人可

能會覺得這場比賽不公平。

同樣的道理，許多窮苦的人，之所以會面臨窮苦的困境，也是因為起跑點不同，而不是他們懶惰或沒有能力。

貧富差距是嚴重的社會問題

即使是強大的國家，也有窮苦的人。生活過得很好的人和過得不好的人之間的差距，是所有社會都需要面對的嚴重問題，衡量貧富差距有一個指標，被稱為「吉尼係數」。

打造所有人都幸福的國家

擁有許多金錢的人是幸運的，但如果只有一個人活在這個世界，錢還有什麼用途呢？因此每個人都有必要為了別人分享自己的幸運。

我們的社會規定賺越多錢的人，要繳納更多的稅金，政府可以用這樣的方式匯集錢，拿來做許多事情。最終的目的是可以讓更多活在我們社會上的人，過得更舒適，更幸福。

像是失業的人可以領到生活補助，生病的人可以有醫療補助，年

紀大到無法工作的人可以領到退休金。這些稱為「社會福祉制度」，社會福祉制度非常完善的國家會被稱為福祉國家。

不論是誰都可能變得窮苦；不論是誰都可能失去工作；不論是誰都可能生病；不論是誰都可能變老。不論是誰遇到了困難時，不是獨自承擔，而是通過社會整體力量來解決的國家，就是「福祉國家」。

施比受更有福

所謂的捐贈是跟其他人分享自己的金錢或才能。

西元二〇一〇年英國慈善救護團體和輿論調查機關蓋洛普一起進行調查研究，發表了「二〇一〇年世界捐贈指數」。根據這份報告，在一百五十三個調查對象的國家中，坦尚尼亞是第八十一位，斯里蘭卡排名第八位，寮國和獅子山共和國並列第十一位。

比爾·蓋茲和華倫·巴菲特都是世界有名的富豪，他們捐贈的鉅額善款是天文數字，也經常成為熱門話題。

除了富豪之外，在我們周圍也有許多人即使自己

所謂的「捐贈」是跟其他人分享自己的金錢或才能，英國非營利組織慈善救助基金會（CAF）在西元二〇一九年公布的最新世界慈善排行榜，美國、緬甸與紐西蘭是前三名，而臺灣是第四十八名。」（資料來源：CAF官網）

過得並不寬裕，仍然願意跟其他人分享自己擁有的財物，金額不多也沒關係。像是在臺灣，有位一輩子都在賣菜的陳樹菊阿嬤，無私的把自己畢生所累積的金錢都拿出來作公益。也有很多人會把自己的零用錢存錢筒，拿去樂捐給生活困難的小朋友，這些人都是我們的典範和希望。

MEMO

知識館003
改變孩子未來的思考閱讀系列2

小學生的理財觀念教室

어린이행복수업–돈이많으면행복할까?

作者　朴賢姬
繪者　金旼俊
譯者　劉小妮
審訂　張銀盛（臺灣師大國文碩士）
責任編輯　陳彩蘋
封面設計　張天薪
內文排版　李京蓉
童書行銷　張惠屏・侯宜廷・林佩琪

出版發行　采實文化事業股份有限公司
業務發行　張世明・林踏欣・林坤蓉・王貞玉
國際版權　鄒欣穎・施維真
印務採購　曾玉霞・謝素琴
會計行政　許俽瑀・李韶婉・張婕莛
法律顧問　第一國際法律事務所　余淑杏律師
電子信箱　acme@acmebook.com.tw
采實官網　www.acmebook.com.tw
采實臉書　www.facebook.com/acmebook01
采實童書粉絲團　https://www.facebook.com/acmestory/

ISBN　978-626-349-117-5
定價　350元
初版一刷　2023年2月
劃撥帳號　50148859
劃撥戶名　采實文化事業股份有限公司
104 台北市中山區南京東路二段 95號 9樓
電話：02-2511-9798　傳真：02-2571-3298

國家圖書館出版品預行編目(CIP)資料

小學生的理財觀念教室/朴賢姬作；金旼俊繪；劉小妮譯. -- 初版. -- 臺北市：采實文化事業股份有限公司, 2023.02
　面；　公分. -- (知識館；3)(改變孩子未來的思考閱讀系列；2)
譯自：어린이 행복 수업 : 돈이 많으면 행복할까?
ISBN 978-626-349-117-5(平裝)
1.CST: 經濟學 2.CST: 通俗作品
550　　111019424

線上讀者回函

立即掃描 QR Code 或輸入下方網址，連結采實文化線上讀者回函，未來會不定期寄送書訊、活動消息，並有機會免費參加抽獎活動。

https://bit.ly/37oKZEa

采實出版集團
ACME PUBLISHING GROUP